KB251912

산의 뿌리에 사는 사람들

시와함께(Along with Poetry) 시인선 038

산의 뿌리에 사는 사람들

정재영

시와함께 넓은마루

밝음과 어둠이 있듯 선과 악이 있다.
이 둘을 융합시켜 새로움을 찾아 나선다.

2025년 정재영

| 차례 |

제1부

계절과 계절 사이

가위

가위는 지렛대 중심에 가까울수록
자르기 수월하다

칼날 두 개 사이 멀리하려
내가 잡은 손잡이 크게 벌려야 한다

감추고 있는 당신 마음
두 손 힘 모아 자르고 싶다

마음 가림막은 쇠실로 만든 걸까
맨손으로 자를 수 없다

가윗날 중심에서
멀리 있는 당신

두 칼날 무디어진 가위로
그날까지 마음 모아 자르고 자르려 한다

가을나무 꿈

움직이지 않고 그 자리에 서서
눈뜬 채 꾸는 꿈 하나 있습니다

꽃샘바람에 움츠렸던 얼굴
쓰다듬어 펼쳐주는 여린 햇살이 속을 채우고

혹한에도 견디라고 비바람으로 훈련시키는 속사랑을
피톨 속에 차곡차곡 담아두었다가

가을 무게 재는 저울 눈금 넘도록 익어
초중량을 겨우 이겨내던 어느 날

붉은 도장 찍힌 종이 받고
춤을 추는 홍엽의 군무群舞

수료증이라 찍힌 글자
흔들어 보여드리는 꿈 하나 있습니다

가을바람 불면

떨어지는 이파리 따라
잠도 따라간 건가

눈 붙이지 못하게 하는
숨은 이가 계시는가

옛 시인이 삼경이라 한
밤도 새벽도 아닌 시간

자리끼 한 모금 들면
막힌 가슴 트이려나

창가 서성이는 바람이
홍엽도 끝물이라 하네

가을 타는 날

하늘을 비워두고
햇살은 휘발성 비로 쏟아져
지피는 바람에 불타는 산과 들

구경하는 이에게 불티 날아가
활활 타들어 가면
하늘과 땅 사이 우리 모두

사랑을 견디지 못해
스스로 불태우는
순교자가 된다

가을 편지

백지에 쓰다 말고
잡고 있던 펜을 놓는다

얼굴은 선명한데
적을 말이 희미하다

어차피 주소 몰라
보내지 못할 편지

식은 찻잔 밀어내고
종이 빈자리를 달래본다

밟는 가랑잎이 들려주면
남은 말 찾아 적어 보내리라

가장 슬픈 말

그때 잘 할 걸

누구에게나
언제나

사랑할수록 그렇다

떠난
당신에게는 더

같이 가는 길

지나온 길 뒤돌아볼 수 있어도
되돌아갈 수는 없네

아득한 옛 그림자 빛바랜 사진 속 속삭임은
귓가에 또렷하게 맴돌고 있는데

휘젓고 걸어오며 어지럽힌 발자국
촉촉이 젖은 핏빛 손으로 지워주셨네

황혼은 희미하게 서산을 넘는데
가야 할 길은 멀고 남은 길은 험한 산길

혼자 가야 하는 어둠 속에
누가 내 손을 잡아 주실까

걸어온 길 뒤돌아보는 눈으로 옆을 보니
또다시 붙들어주려 그님이 곁에 계시네

겨울 수인囚人

태어날 때부터
적막을 절벽으로 둘러친 곳
대대로 갇혀 지내는 유배지였습니다

가을 끝을 붙들고 서둘러 찾은 첫눈이
사방 산등성이로 하얀 담을 쳐 옥獄을 만들고
모든 사람을 위리안치圍籬安置 시켰습니다

움츠린 산 밑에
눈에 갇힌 들판이 하얀 화선지를 펼치면
달빛은 날아가는 겨울새 그림자로 수묵화를 그렸습니다

하얀 옥에 갇혀서도
백설 속에 숨겨둔 이름을 대지 않는다는 죄명으로
호롱불과 같이 밤새우라는 형을 받고
깜빡 졸다 눈썹 태우는 벙어리 수인이 있습니다

겨울 적막

숨어 있는 산골 마을
눈에 눌린 하얀 묵언

늦은 밤길 떠나며
숨죽인 외짝 겨울새

오는 이 발소리 없어
얼어 굳은 고샅길 고요

창호지 뚫고 나와
기다리는 호롱 불빛

고소공포증 환자

높은 곳에서는 눈을 감는다

아래를 내려다보려고 올랐던 게 아니다
그곳에 있을 뿐이다

남 눈으로 나를 보는 시선은 공포다

어디에서도 위를 보려 한다
아래는 두려워 보지 못한다

위만 보는 나에겐
지금 있는 곳이 항상 낮은 곳이다

굴비

죽어서도
뜨고 있는 눈은
당신 향한 나의 기다림이다

마지막 숨넘어가는 순간까지
당신 생각에
멈추지 못한 미소

열반 입구에서
기다림으로 얻은 깨달음
반가좌사유상 얼굴이다

너의 얼굴은
죽어서도 썩지 않는
나의 마지막 표정

작은 돌에 새겨둘
데드 마스크
나의 시비다

계절과 계절 사이

당신이 안 보일 때
선명히 인화되는 사진

뜨겁고 차가웠던 날
계절은 기억을 표구한다

세상은 태초 그대로인데
변한 것은 나의 눈길뿐

당신을 품은 나의 가슴은
더운 겨울과 추운 여름이다

괜찮아

들꽃 한 송이 피우기 위해
잠든 봄을 깨우려 지나가다 들른 빗방울에게
서둘지 말고 한 사흘 쉬었다 가라 한들

연초록 익어 나무마다 푸름으로 절었는데
질세라
가지 몇 개 꺾은 바람에게 지나치다 탓한들

해 지고 그것도 가을
쏟아지는 달빛에 지는 낙엽에게
헛기침으로 이별 인사 대신해준다 한들

한세월 바둥댄 흔적을 남겨두고
눈 덮여 오지 않는 곳에
혼자서 누워있음을 미리 알았다 한들

어찌하리

그걸 어찌하리
아무도 어찌할 수 없는 것을

너와 내가 오가며 보았던 풍경
어차피 겪어야 할
우리 일 아니었던가

알아도 되고
몰라도 되는 거야
괜찮아 괜찮아 모두 괜찮아

김치

배추가 귀해졌다

김치가 맛있다

묵은지가 겉절이 같다

당신의 또 다른 비유

그날엔

하나님!
이제 잡니다

수고하셨습니다.

하나님께서도
편히 쉬세요

그 너머

구름이 입을 벌려
낮은 포복으로 땅을 삼키고 달려오면
들판은 놀라 그 속으로 끌려가 하나가 된다

땅끝을 지평선이라 하고
바다 끝을 수평선이라 부르지만
그 너머에도 보이지 않는 섬과 땅이 있으리라

보이지 않는다고
기다려도 오지 않는 사람을 사라졌다 할 건가
구름이 하늘 아래 땅을 감추더라도
나의 가슴 속 하늘마저 어찌 덮으랴

지평선과 수평선 너머에 계시는 이여
그곳은 멀어서
사랑의 말은 기도가 된다

제2부

늦가을 꽃비 내리는 날

그때부터

사랑은 범법이었다

그때부터
아무도 모르는 곳에 갇혔다
고열과 불면증으로 헛소리했다고 독방에

그때부터
밤과 낮이 없는 징계였다

그때부터
아름다움과 추함을 구분할 수 없게 됐다

그때부터
무기수가 됐다

그때부터
죽음이 왜 생겼는지 알게 됐다

그때부터
모두 그때부터였다

그대처럼

애썼다
오랫동안

너만 믿는다
앞으로도

또 누굴 찾겠는가
이제 와서

다독거린다
제일 잘 아는 나를

기대

꽃이 지네요

기다리는 열매를 보겠네요

길을 내다

홍수 아니라도
묵혀둔 길은 잃기 쉽다

갈 수 없어 팽개쳐둔 길
혹시 당신이 찾아오시려나

이제야 풀 뽑고 길 고르면
기다리던 사람 오실까

저녁노을 희미해지는데
길 내기 멀고 험하다

꽃말

당신 눈빛
보는 순간

씨앗으로 떨어진 가슴에
꽃송이로 피어 있습니다

그곳은 항상
열대 온실

그리움이라는 꽃말을 가진
얼굴 하나

시들지 않은 눈빛으로
웃고 있습니다

나는 수동태로 쓴 문장이다

당신을 사랑하고부터
나의 모든 시는 수동태로 씌어졌다

삶의 문장 주어가 항상
당신 아니면 그였다

당신도
내가 주어가 된
능통태 문장을 원하실지 몰라

사랑처럼
나는 시의 종이었을까

당신 사라지면
남는 건 혹시 나뿐일까

나의 나에게 속삭이는 독백

그동안은 씌어졌지만
어느 날이 되면 시어를 부리고 싶다

당신 혹시 떠나시기라도 할까
그 두려움 벗어나는 그날
문장이 능동태로 바꾸어질까

어차피 혼자가 될 테니까

나를 찾아서

나를 만들고 싶다*
나의 내가 되고 싶다**

길 끝에서 기다리는 나를 찾으러
표지판은 있어도 보이지 않는 길
회전 교차로에서 맴돌았어도
없는 길을 만들며 걸었다
그때마다 길이 나에게 왔다

길을 잃으면
빛은 어둠에게서 용기를
어둠은 빛에게서 위로를
우정의 손을 잡고 걸었다

미움은 사랑이 물러간 상처인 것처럼
동행하는 어둠은 빛의 결핍이어서
어둠과 빛은 진정한 친구다

또 해가 저문다
저물면 어둠 속 달빛이 보여주는 길

가자 또 가자 손짓하는 나의 북극성 향해
하루를 천년같이
천년을 하루같이 가자***

*니체
**그리스 시인 핀다로스
***베드로후서 3장8절

나무는

처음부터
지금까지

그 자리
지키고 있습니다

누군가 오솔길을 내려 하면
그늘을 만들어주고

지나가는 바람에겐
온몸을 비틀어서라도 비켜주려 합니다

혹이라 가지 끝 꺾어놓아도
나이테에 담은 마음 그대로

한 발자국도 움직이지 않고
그 자세로 서있겠습니다

나뭇가지

위로 솟은 것도
옆으로 퍼진 것도
아래로 처진 것도

다
한 나무에 달렸다

나의 가을은

바람 불어 열매 떨어지고
가지 꺾어진 나무
뿌리마저 뽑히더라도

나는 당신 동산에서
낮에는 햇살 비를 맞고
밤에는 이슬 온실에 있을 것입니다

멀리 보이던 별들이
무리 지어 다가와 속삭이는
나의 졸시 소리 들리면

행간 속에 숨겨둔 이를 만나려
그의 낮은 지붕에 내려와
둥근 박덩이*로 깨어나 있겠습니다

그 가을에 지어

당신에게 윤색을 받은 새로운 시로
노래를 만들어 읊조려 드리겠습니다

*요나서 4:11에서 인용

나 홀로

붉은 노을 손목 잡고 서산마루 넘어간 햇빛처럼

희미한 새벽달에 장막 뒤로 사라진 별빛처럼

봄이 지나면 새봄 다시 오는 일 기다리듯

해가 뜨고 달이 떠 새로운 날을 믿고

얼굴만 돌리면 곁에 있을 줄 알았던 너의 모습

이제는 바람결에 언덕 너머 사라져

바람 차가운 길목에 나 홀로 서있네

가신 곳 서산은 저리도 높아

돌아올 길은 가파른 절벽만 있어

다시 오지 못할 곳에 혼자 계시는가

그곳은 햇빛도 달빛도 별빛마저 없어

더듬어 길 찾지 못하고 헤매고 있는가

천 년 만 년 변치 말자 다짐한 말들

세월이 감추어 나 홀로 되씹고 있네

햇빛도 달빛도 사라지는 빛이었던가

아무리 날과 달이 모습을 달리해도

영원하리라 손잡고 약속한 일들

젊음도 사랑도 뜨거운 손길도

지나가는 바람에 쓸려간 가벼움인가

소리 없는 바람 길목에 서서

흔들리는 마음을 나 홀로 곧추세우네

낡은 슈룹*

시간이 뚫어놓은 구멍 사이로
하늘이 보인다

펼쳤던 꿈은 우산살보다 넓었어도
갈빗대만 남은 몸은 구석에서 대기 중이다

붙잡고 있는 이를 위해
몸부림쳤던 한때가 있었지

머리 정수리로 비바람을 막았던 뜨거움
놓지 않으려 서로 붙들었던 두 손

받쳐주지 못해 접은 마음
내린 손의 지팡이가 되어주고 싶다

사랑이란
늘 그랬다

*슈룹 : 우산의 우리말

노을을 보며

하루는

서녘에 걸린 그림으로 진다

종일

비 오고 바람 분 날도

눈 감으면

보고픈 이 있는 누구나 노을이 보인다

노을을 종이 삼아

노을 붉은 종이 위에
참아 왔던 말을
목구멍에서 나오는 대로 적는다

주어 동사 순서 없는 문장
엉키고 섞인 글씨들을
한 자 한 자 눌러 쓴다

점점이 흘려 쓴 사연을
석양은 붉은 행낭에 담아
초저녁 별에게 전해준다

서녘 바람이 끌고 가는
별들 사는 곳이
그 사람 동네인 걸 여태 몰랐다

누가 알까 주저하다 적지 못한 이름
노을 흐려진 종이엔 몽타주 설명뿐인데
그 사람에게 어찌 전달해줄 수 있을까

늦가을 꽃비 내리는 날

산천에 둘러친
떠들썩한 소리
낙엽도 낙화
홍엽도 꽃이다

돌자갈 길 걷던 사람
꽃길 걸어보려
낙화로 깔린
가을길을 걷는다

길에 수북이 쌓일수록
가지 사이 터지는
상고대로 꽃 필
겨울 하늘이 보인다

꽃길 되어 보여주는
낙엽길

떨어져야 보이는
하늘 열린 길

다가오는 성城*

몸은 하나인데
귀는 좌우로 두 개
사랑과 유혹의 소리가 동시에 들린다

이리 오라
저 길로 가라
나의 길은 어느 길일까

다리도 좌우
발 떼고 디딜 때마다
왼발 오른발 따로 논다

양팔도 앞뒤로 움직이는 탓에
몸뚱이는 앞뒤 양옆으로
덩달아 흔들면서 가지만

양옆으로 치우치지 않는

붉고 곧은 마음

뜨겁거나 차가움으로 추스르고 있으면

나는 외길 제자리에 맴돌고 있어도

잃어버렸던 집이

흔들리지 않고 가까이 다가오고 있다

*계시록 21장 2절

제3부

먼지에 대하여

달의 언어

어둠은
숨은 달로 말한다

구름이 품어 입 다문 조각달 소리
만월보다 깊고 날이 세다

중천 대낮에 눌린 낮달도
서산 너머 칠흑 밤에 깨어나 수다쟁이가 된다

손 가리며 살짝 웃음 짓던 사람
누구나 그런 달 뜨는 가슴이 있다

달빛 베틀

도둑처럼 내려온 달빛
밤낮으로 울던 여름 벌레소리로 만든
실타래 풀어 가을을 짠다

우측 좌측 오고 가는 북에 감긴 소리로
한 뼘 두 뼘 받아 적는 사연은
한 철 동안 보내지 못한 편지들이다

당신과 나 사이 못 건넨 이야기를
날줄 씨줄로 엮어
한 필 두 필 족자를 만든다

두 강 이야기

두물머리에서 만나
한 몸이 된 강과 달리
너와 나의 강은 다시 두 줄기로 흐른다

따로따로 흘러도 쉬지 않는 속삭임
강으로는 못 만나도
바다에서 만나 하나 되는 건 안다

햇빛에 반짝이는 물결이
잘 알고 있다고 기다리고 있겠노라고
다짐하는 눈짓으로 분주하다

봄날 나누었던 꽃살 언어가
봇물로 강을 이루어 시작한 강줄기
옹달샘의 밀어를 보듬고 흐른다

우리 사랑은 지금 조용히 흐른다고

속 모르는 이가
눈 덮인 강이 침묵하고 있다 한다

어찌 그럴 수 있으랴
겨울에도
물안개가 자욱한 이유를 몰라서다

나와 너의 강은
속에서 끓어 넘치는 말과 말
뜨거운 언어가 흐르는 물줄기다

망망대해

해는 가고
별만 떠서

조각달 나룻배
노 젓는 마음

앞 뒤 옆 바라봐도
아무도 없고

별 소리 소란스러움
바다 이룬 은하수 물결

어디로 가야 하는지
북극성 큰 별에게 묻는 중이다

맞춤법

우리는 복수라서
우리들은 어긋난 말이라지만
우리라는 다발을 다시 묶어
우리들이라 해도 되지 않을까

사랑으로 하나 된 너와 나
복수가 단수가 되어 있는데
서로서로 섬기라 하는 말
단수가 다시 복수가 되어 틀린 걸까

하나가 된 사랑도 복수가 되면
우리들 사랑이라 말할 수 있을는지
맞춤법 정오표론
설명을 못 하겠다

먼지에 대하여

먼지는
깎인 모래알이었다
깨진 바위 가루였다
부서진 산의 티끌이었다

폭풍을 기다리고
급류에 던져 맡기고
천둥을 품에 안았다

깎이고
깨지고
부서져
생긴 알몸

모래보다
바위보다
산보다

크고 넓고 높은 곳

날개 없이
바람에 얹혀 가려 한다

끝없이 둥근 원
먼지가
하늘을 가지려 한다

모두 옷이었다

옷이 움직인다
사람이 그 속에 갇혔다

차도 움직인다
사람이 그 속에 갇혔다

집이 움직인다
사람이 그 속에 갇혔다

기저귀 학생복 군복 양복을 거쳐
마지막 정장 수의에 이를 때
어린애 학생 군인 신사를 망자라 부른다

소형차 중형차
국산이나 외제 자동차도 훈장으로 달린 옷이다

주택 빌라 아파트 별장도
나와 같이 걷는 외투였다

마침내 무료로 제공하는 경로 지하철을 못 타게 되면
명찰이 없는 옷을 입고
가장 큰 꽃차를 타고 땅속 집에 와 쉬면
하늘이 옷을 벗겨준다

물결 위에 쓴 지워지지 않는 말

모든 강은
사랑을 찾아가는 길이다

동편으로 서편으로
또 남향으로 흐르는 강의 운명은
그냥 하나의 바다인 것처럼

해일의 격정으로 부르는 말들을 향한 나의 강물은
시간이 멈추어도
흐름은 멈추지 않으리라

사랑을 앓는 이가 죽어서 가는 은하수 어디 쯤
달빛에 반사되는 사랑의 말소리를 듣고 있는가

이름이 지워져 수취인 없는 엽서에 쓴 말이
배달되지 못하고
달빛 물결에 녹아 되돌아오고 있다

미움의 승리를 위해 건배

미워하지 말라 하셨나요
사랑하는 까닭입니다

파도 몸부림으로 내달려 바위 치는 폭풍* 소리는
성채를 점령하기 위한 진격 나팔 소리입니다

응대 없는 요새로 불화살 쏘는 것은
닫힌 성문을 열기 위한 횃불들입니다

미움의 전투는
사랑을 포로로 잡기 위한 전쟁입니다

오늘도 어제처럼 그럴 수밖에요
내일은 휴전하고 싶습니다.

*욥기에서 인용

벚나무 아래서

꽃이 세 번이나 피는 줄 몰랐다

이른 봄
이파리 나기 전 서둘러
아기나비 떼로 매달리더니

제 무게에 겨워
지나가는 가벼운 바람에
몸부림치며 떨어지는 꽃비는
낙화라는 이름을 가진다

녹음에 불탄 여름 지나서
그리움마저 불꽃이 되는 가을이 되면

가벼워진 햇살에도
이파리들은
유채색 물감에 젖은 단풍이 되어

무거운 낙엽으로 쌓인다

어찌 나무에 달린 것들뿐이랴

지금은 나의 짙어진 가을

여린 꽃이 낙화로 다시 이름을 얻듯
품고 온 색으로 단풍이 들면
제 무게에 못 견디어
두 손 놓고 떨어지는 낙엽도 꽃이라 말하리라

배려

근사한 걸 먹어보자

좋아
정해줘
아무거나

지금까지
자주

가장 어려운
질문과 답이었다

사랑은 그래서 어려웠다

배롱나무

나무가 늙었다고
꽃마저 늙었으랴

벌레 붙지 말라
껍질 옷 버리고

속살로 피워내는 꽃
백일홍

봄날 서정

날리는 꽃잎 따라 보고픈 마음
단풍이 낙엽으로 사라지는 날처럼
색색으로 물든 가슴앓이 하고 있네

아무도 오가는 이 없는 산골 마을
꽃길이 깔렸어도 찾아오는 이 없어
외톨이 벙어리로 침묵하고 있네

구름에 얹혀 서녘 가는 희미한 달무리
따라가지 못하는 어둠도 색 바랜 봄밤
그리움에 하얗게 지새우고 있네

빈 병

어둠은 없다
빛이 없을 뿐이다

미움도 사랑도 없는 빈자리

빛은 잡을 수 없고
사랑은 만질 수 없듯
어둠과 미움의 경계란 없다

나는 속까지 다 보이는 빈 병
빈 병에 어둠을 담을 수 없다

사랑 앞에선
언제나 당신으로 가득하다

북어

몸 한 번 휘젓고 흔들면 되는
쉽게 만날 수 있는 곳에 계신다고
바람에 실려 온 떠도는 소식

기다리지 말고
먼저 찾아 나서자
서둘러 맨몸으로 나선 길

물 건너 수평선 건너
북극성 잡고
돌고 돌아봤습니다.

물과 땅이 둥글어선지
찾아온 자리가 떠난 바로 그 자리
어디에서도 당신을 만날 수 없었습니다

하늘로 가셨나
물 떠나야

만날 수 있을까

솟구쳐 올랐다가
썰물 밀물 놓쳤더니
아가미 벌떡거리다 혼절해버렸습니다

지나가던 바람이 놀라
바둥거리는 몸 깨어나 하늘로 날아갈까
포승줄로 묶어놓았더군요.

몸은 묶였어도
혼백은 당신 눈빛 찾으려
사방팔방 뚫어지게 바라보다 뛰어나온 눈알

언젠가 오시겠지
버리지 못하는 기다림으로
눈 감지 못한 미라가 되었습니다

사과 깎기

사과 껍질을 깎았다
썩은 부분은
변색한 데를 파내고 먹었다

세월로 변치 않는 곳 어디 있으랴
버릴 건 버리자
대부분 싱싱하게 남았다

기다리다 만든 상처
간수 못해 생긴 흔적
한 톨의 사과다

제4부

새벽에 나는 겨울새

사랑은 노래로 살아나고

시가 멀리 있을 때
옛노래를 다시 듣는다

골목 그 집에서 혼자 돌아오던 날
같이 듣던 노래를 가슴팍에 숨겨왔지

햇살이 조금 남은 가을에도
나의 사랑은 단풍색으로 그럴 줄 알았다

오늘은 이파리 지고
앙상한 가지로 숙성시킨 언어는 옛노래가 된다

노래가 다시 돌아오는 계절은
황금색 은행잎으로 가로등을 밝힌다

가난한 연인들의 가난했던 노랫말
그날처럼 별들을 붙잡고 있다

사진 한 장

가슴 속 산골 마을
앞산 넘은 햇살에
뒷산으로 밀려난 떼구름

개었다 흐렸다
비 내린 후 멈추어
안개 걷힌 저린 가슴 한구석

서녘 낮달 달무리에
쪽진 머리 어머니
흑백 사진 한 장

산의 뿌리에 사는 사람들*

산은 하늘에 머리를 두고 산다
소원을 비는 사람들 산에 오르지만
머묾은 잠깐
다시 내려와 땅에 산다

하늘과 땅의 경계선이
굽이굽이 오르고 내리는 산등성이라면
하늘은 오르고 내리느라 쉬지 못하고
땅도 덩달아 흉내 내느라 분주하다

누가 산을 바치고 있는지 뿌리는 알고 있을까
강일까
호수일까
바다일까

머리는 하늘에 두고
뿌리는 땅에 둔 까닭에

소원을 이루려 산에 갇힌 사람은
뜻은 하늘에 두고 땅에서 산다

누구나
하늘 뿌리를 땅의 머리로 알고 살면
그 사이 구름에 갇혀 사는 사람도
산이 된다

*요나서 2장 6절 인용

상사화 그림엽서

봉투에 담아 보내는
편지 종이 위에는
한마디 말도 쓸 수 없었습니다

말 못해 쌓아둔
긴긴날 긴 이야기를
몇 마디 말로 설명할 수 없어서지요

얽히고설킨 사연 탓에 입은 다물고
속 시원히 보여드리려
엽서 위에 그림 그려 보내는 마음

어둠은 깊이 잠들고 있는데
심장이 멈출 듯한 그리움만
서둘러 깨어 있습니다

벙어리로 참아내며
가슴에 담아둔 말을
붉은 꽃으로 피워서 띄우렵니다

전하지 못한 첫말도
마무리 인사도
꽃말*로 말하는 붉은색입니다

*이룰 수 없는 사랑

설야雪夜의 달

눈 내려 길 끊긴
진안고원

길 잃고 멈춰 있는
구름 조각 사이

지그시 감은 눈
겨울 조각달

다정한 눈빛에
잠 못 드는 밤

창문에 그려진
달그림자 한 폭

기다리는 얼굴
희미한 밑그림

지나가며 부르는
달빛 목소리

섬은 산이다

하늘 아래 빤히 보여도 내 몸으로 가기 힘든 산이 있다

물 담장 둘레치고 솟은 섬이 그 산이다

노 없는 배 한 척 없어선가

가는 길 알고 싶어 불러보고 외쳐본다

메아리 대신 파도 소리 암호만 들린다

당신처럼 갈 수 없는 모든 곳은 섬이다

내 몸 뗏목 삼아 오체투지로 그 섬에 가야 하나

소나기 아래서

소나기 물방울 끝날은 칼이 된다

그걸 먹고 자란 땅의 풀은 모두 창이다

갑자기 표정을 잃은 얼굴은 탈바가지다

걷고자 말라 몸까지 뚫린다

할 수 있는 일은 지나가기만 바란다

조금 지나면 햇살이 지워 줄 것이다

속사람

검은 사람 곱슬머리
나이 드니 흰 머리카락이 나온다

검은 입술 미소에 드러난
치아가 하얀색이니

혈관 속 뜨거운 피도
나처럼 붉은색일 테지

흑 백 황 다른 피부
사람 속은 같은데

내 속 모른 체하시는 야속한 이
속마음 모르겠다

손도장

안도마*는 호와 함께
낙관인으로
손 마디 하나 없는 손도장을 찍었습니다.

나의 출생신고서는
당일 새긴 막도장 찍혔을까

사랑이라는 호를 가지신
당신은

이제는 내 거라는 확인증
양자 입양서에는

마르지 않는 붉은 피 인주 삼아
손바닥 낙관인을 꾹 누르셨습니다

*안중근 세례명

새벽에 나는 겨울새

전기등으로 하늘을 받치려
새벽까지 잠을 못 이루고 있는 도시 외곽

어둡고 추운 하늘가로
고향 찾아가는 외톨이 겨울새가 있다

그 길 끝엔 마음속 남아있는
하얀 눈으로 덮인 하얀 마을이 있을까

시간의 손이 삭풍 핑계 삼아
놓고 온 그림을 다 지웠을 그곳엔

이때쯤이면 떠났다
다시 오는 겨울 눈썹달이 달려와

하얀 들판을 혼자 헤매고 있을 그 사람을
나 대신 맞아줄 건가

새벽빛에
그 사람 혼자 가고 나면

하늘 아래 생애를 거의 보낸 이곳은
그날처럼 혼자 남는 타향이 된다

석류알

아파야 아름다울 수 있다지만
이리 아팠다는 건 모르실 거다
보듬은 상처에 핀 꽃이
낙화로 생긴 흉터에 숨긴 열매들

한 톨 한 톨 분리된 단어들을 줄이고 줄여
입 속에 담은 신음소리들
이보다 쓰린 말이
어디에 있어 무슨 말을 보태랴

더듬거리는 소리로
못 잊는다고 못 잊을 거라고
입안에 가득 채운 소리
그 말들뿐

한 번쯤 찾아올 날을 기다리며
아픔을 빚어 맛과 향을 만들었다고

한 행에
점과 점으로 쓴 글 묶음이다

사랑은 아파도 울지 않는다
입 다물고 속울음 오래 삭힌 알알
내 아픔 바라봐줄 때
속 시원하게 보여주려 한다

새와 개미

하늘을 나는 새가
살았을 땐

개미를 통째로
잡아먹었습니다

늙고 병들지 않았어도
새가 숨을 놓으면

개미 떼가 달려들어
새를 갉아 먹습니다

세모 달그림자

달력은 섣달
성탄 지난 마지막 주
달 울음이 창가에서
진저리치는 자정 부근

창문 밖 뒤척이는
한 톨 까치밥 붉은 마음 두고
눈썹달을 물고
한 획 긋고 날아가는 겨울새

하늘이 땅과 손잡으려
물결 일으키는 달그림자에 놀라
우두커니 바라보며
모음으로 우는 짐승

시월 마지막 밤

지금은
누구에게라도
아무 말이라도
편지를 써야 한다

보내기 아까운
남은 시간은 한두 쪽
눈만 감고 뒤척이고 있다

못 잊음도 잘못이라면
한두 번 아니라 천 번을 넘어
죄가 많다

지금까지 남겨둔 이야기를
한 장 한 장 벗겨 보내려 하는데
그 말들이
뜨거웠던 계절에 눌려 퇴적층이 되어 있다

그립기도 하고
매정해서 미웁기도 한 층들이
겹겹으로 다른 색깔로 쌓여 있다

그 속에 박혀 끄집어내 풀지 못한 화석의 말뜻을
설명해주는 글자가 없어
빈 종이는 낙엽으로 쌓여 있다

받는 이 주소를 몰라
봉투도 하얗게 밤을 함께 새운다

이 밤 보내면
나도 빈 가지
가을나무가 된다

시비

나 죽거든
묻지 말고 완전히 소각시켜다오

내 몸 세포 속 사랑과 미움이
밀물과 썰물로 된 것을 포렌식 못하도록 증거를 없
애다오

사랑이라는 말도
그리움이라는 미움으로 남았단다

몸 태운 연기가
모자란 영혼을 따라 하늘로 오르겠지만

들키지 않은 속마음이 미련의 재가 되면
밀봉해서 흙 속에 묻어라

사랑했던 마음이 그만큼 남은 것도
흙 속에 세운 시비로 여기리라

숨겨둔 시작

사랑이라는 말을 알고부터 바다는 땅끝이 아닌 걸
알았다
물로 덮어두고 있는 땅의 고향이었다

숨어 있던 바닷속 용트림이 산이 되었다
보이는 건 안 보이는 것을 위한 형상이었을 뿐

말 한마디도
바다 깊은 곳 조류가 해일에 밀려 솟은 것이다

사랑한다는 말
바닷속에서 견뎌내지 못하고 터져 나온 용암 소리다

당신은 굳어 있는 땅을 보나
나는 숨겨진 용트림 외침으로 말한다

제5부

어느 깊은 밤

알고 모르고

하루

이틀

사흘

날짜 이름 생기기 전

어둠의 때는

숫자가 없어 말할 수 없었겠지

어린이

젊은이

늙은이

빛이 생긴 후

자를 수 없는 세월로 금을 긋는

한 사람 여러 모습처럼

우리에게 다가온 첫사랑은

어둠의 때였을까

빛이 생긴 후였을까

빛만 있어 나이 없을 곳

다음 세상에서는

설명해낼 수 있을까

아침노을

가을에는 노을도 새벽부터다

홍엽 풀은 물감으로 그린 추상화

해 지자 서둘러 서녁에서 들고 와

해 돋기 전 동녘에 걸어둔 화폭

당신이 밤새 그린 그림을 읽는다

어느 깊은 밤

어두운 밤 지금은 어디 계실까
두 눈 뜨고 찾아도 안 보이더니
눈 감으면 선명히 보이는 당신

얼굴 돌려 여기저기 찾아봐도
어느 곳에서도 아니 보이셔
저 멀리 떠나셨나 수심에 젖었습니다

당신이 오신 날은 언제였을까
달빛 안개 가려진 마음속 호숫가
빈 의자에 찾아와 계실 줄이야

어둠 그 이후

불면으로 잠 깨어 있는 샛별들과 함께
사열하고 있는 길거리 가로등은
아침을 기다리는 야간 행사 중이다

시인은
어둠은 안식을 위한 침실이라 했듯
누구에게는
빛을 만드는 공방工房이다

은하수가 보이면
어둠 속에서 빛을 잉태하고
누구나 사랑을 노래하면
재창 박수의 환호가 용광로에서 녹아 빛을 발할 때까지
태양은 무대 막 뒤편에서 침묵해야 한다

어둠의 손을 붙들고 무대에 등장한 아침은
다시 어둠을 만드는 역할의 단막극

관객은

어둠을 밤이라 하고 빛을 낮이라 하나

나누어지지 않는 나와 당신 사랑처럼

손잡은 하루*일 뿐이다

좌우 두 손 모으는 기도처럼

어둠과 낮의 찬가는

모든 노래가 진리라는

옛 음유시인 노래를 다시 읊는 일이다

*창세기 1장 5절 : 저녁이 되고 아침이 되니 이는 첫째 날이니라

얼룩말

검정 띠 흰 띠
얼룩말 흑백 사진

흰색이 몸이고
검정이 띠일까 아니면

검정이 몸통이고
흰색이 띠일까

온몸을 두르고 있는
나선형 다발 회오리 묶음

흐르고 있는 피는
흑백으로 색도 다를까

흰색 검은색 입
무슨 색으로 웃고 우는 걸까

여름 구름

장마 숨 거두고
태풍마저 뒤따라 떠나가면

하늘은
유리창 활짝 열린 푸른 바다

몽실하게 살찐 솜구름은
수평선에 묶여 누구를 기다리는가

지나가는 바람 손이
구름을 찢어

곧 오신다며
무인도 너머 가신 이에게 보내는 편지

그리움 세 글자 적어
널어놓는다

열대에서 살다

낮은 폭염
밤은 열대야

당신을 만난 후부터

낮이나 밤이나
잠들지 못한다

열질환 환자다

열대야 열기 속에

내 마음 손을 길게 뻗어
은하수 끝 작은 별을 지나는 손바닥 크기 구름을
뜯어다가
잠 못 이룰 당신 위에 그늘막을 올려드릴까

이 별과 저 별에 따로 있는 우리
세 이레도 넘는 날을 뜬눈으로 새우는 어느 밤에
그 구름 두 손으로 꼭 짜서 소나기 만들어 시원하게
뿌려드릴까

같이 애타던 별들은 지쳐 잠들고 내 마음만 깨어 분주
한데
보내지 못한 글자들 둑에 막혀 흐르지 못하는 은하수에
붉게 타는 달이 멈추어 있다

엿치기

빈틈
보이지 않는
긴 토막이었다

부러진 순간
뻥 뚫린 빈집들이
몸 안에 가득하다

빈 마음이
클수록
승자다

우산을 같이 받고

천국이라 하셨나요
선계나 열반이라 하셨나요
혹시 샹그릴라
아니면 파라다이스라 하셨나요

그곳이 어딘지 아세요

사랑하는 사람아

비 내리는 날
우산 하나
당신 곁입니다

유화로 그린 초상화

그렸다 지우는 것은
없애는 것이 아니다

새로 그리려
비워내는 시작이다

주어진 화포畫布*는
딱 한 장

한 번 칠하면
지울 수 없는 수채화가 아니다

밑그림을 없앨 수 없으나
덧칠은 가능하다

사랑도 그렇다
잊은 것이 아니다

다시 칠하는 얼굴
덮어두었던 밑그림 위다

세월의 때를 지우고
새 물감으로 칠하는 초상화

*canvas

윷놀이

놀이가 아니다
무승부 없는 사생결단

겹겹이 말을 쌓아 달려도 잡히면 죽는다
윷판 잘못 두면 도 길에 잡혀 한 방에 죽는다

잡혀 죽은 듯 포기했다가도
남의 말이 추월하는 바람에 잡으러 가기도 한다

윷판은 머리 쓰기 나름이라지만
다음 말이 도인지 개인지 누가 알 수 있겠는가

내 손으로 던지나
보여주는 건 공중 조화다

기도하는 마음으로 윷을 공중에 던지나
바닥에 떨어진 후 보이는 것이 응답이다

도라고 실망하지 마라
모라고 으스대지 말라

이기고 지는 일이란
윷판에서는 일상의 일

죽었다가도 살고 살았다가도 죽는 일
그 일을 놀이로 만들면 윷판이다

웃어넘기면 윷판이 되고
속을 썩이면 세상이 된다

졌다가도 이기고 이기다가 지는 일을
윷판으로 여기면 된다

조심할 일은 밖으로 튀는 낙장만 말라
그래도 끝까지 포기하지 말라

이발소 그림

산에 둘러싸인
면사무소가 있는 동네

하얀 눈썹 노인이 바둑을 두고 있는
액자 그림 걸린 이발소

이발 기계가 닳도록 빡빡 밀고
빨랫비누로 씻어낸 부스럼투성이 머리 아이

이발사 가운보다 더 하얀
백발이 되었을까

신선 보는 앞에서 동자승이 된 아이들도
신선이 되었을까

지금은 이발사도
머리 깎는 아이도 없는 동네

싸구려 이발소에서 염색하는 노인
물들이지 못하는 눈만 백내장이다

의자

말이
의자가 되었다

부드러운 말은 안락의자
딱딱하면 철 의자
차가우면 돌 의자

그런 사람들이
의자에 앉아 있다

그들끼리 다투다
나에게 달려든다

모두
내가 만든 의자다

일기예보

사랑하는 사람들 사이엔 사소한 것은 없다

바닷물을 모두 원하는 것이나 강물을 통째로 마시고자
함도 아니다

입술 정도 축이는 한 모금의 물이 폭우와 홍수가 되어
폭포수로 쓸어가 버린다

알 수 없을 거라 여겼던 눈짓 표정 하나로 푸른 산에
산불을 일으킨다

작은 말 하나로 생긴 돌풍이 온 산을 태운다

작은 눈물방울도 폭우가 되는 여름철 장마

사랑의 기상도는 예보할 수 없다

이팝나무 아래에서

누구나 가난의 부황기로
이팝나무 아래에서는 굶주린 짐승이 됩니다

사랑하는 걸 눈치챘을 건데
말 한마디 건네지 못하고 끝내 입 다물어 서러웠던 날

이제사 보이는 순백 얼굴은
시리어 차마 눈뜰 수 없습니다

당신은 혼자 되어 머리에 하얀 꽃을 꽂으셨나요
나는 색색 꽃으로 묶여 있습니다

세월이 삼켜버린 사연을
한 장 한 장 피워내는 향기이지만

이제는 어찌할 수 없는 꽃잎 호소
봄날은 하얀 향기로 몸살 앓는 계절입니다

제6부

존재의 그림자

장마가 그린 초상화

잠시 쉬어가는 막간 무대에
장맛비 커튼이 열린 서녘 한쪽 하늘
노을이 서둘러 화장을 고치는 중이다

구름 날리는 들판 위에 걸린 머릿결
눈가 주위에 단풍색으로 덧칠한 주름살은
야간업소 늦은 출근 준비인가

낮을 밤처럼 보낸 어둠의 여인은
벚꽃 무늬 분홍 진달래 옷감에
가슴이 열려 있는 옷을 입는다

장마가 그린 여인의 초상화는
꽃잎 눈보라로 만든
파스텔색 미소를 머금고 있다

존재의 그림자

하늘과 땅 사이
흘러간 구름이
떨어뜨려 남긴 빗방울 눈물

산과 들은
그 눈물로
싹 트고 자랐습니다

지금은 보이지 않는 구름
꽃으로 열매로
곁에 있습니다

전철 안에서

출근길
전철 좌석 아래 금속 바퀴
몰아쉬는 숨으로 응원을 한다

가자
하자
된다

어둠의 터널 지나면
빛으로 가득할 출구

다음 역 거리가 멀면
더 신이 나서
한 음정 높이면
천정에 달린 손잡이는
흥에 겨워 춤을 춘다

한 칸에 실린 우리는 서로 침묵하고 있어도
가자 하자 된다
세 마디 노래를 부르며
하루라는 텅 빈 공간으로 날아가는 우주인

진달래

비탈진 그늘
응달진 곳이
타고난 팔자라고

다가오지 못하고
입 다물고 있을 거라면

아예
얼굴이나 비치지 말 일이지

또 한 해 지나야
벗어날 수 있는 운명이라 한다면

말더듬이
나의 속기도 올려

개나리처럼
벚꽃처럼
화들짝 나타나

길 막고
내 앞에 서는 날 있으리라 알고

또 한 해 지나
오늘같이 바람 차가운 이른 봄날
기다리고 있겠습니다

지동설

당신은 어느 하늘 무슨 별인가
나는 보이지 않는 그 별을 도는 작은 위성

밤낮으로 당신은 그대로 있고
나만 당신을 찾아 맴돌고 있다

봄 여름 가을 겨울 흘러가도
계절은 또 살아나 그 이름으로 다시 돌듯

바라보는 산천
동서남북 하늘은 그대로인데

당신은 하늘 너머 어디에 계시는지
나는 궤도에 묶여 다가가지 못하고 맴돌고 있다

집중

마음 모은 가슴 속에
오목하게 렌즈를 만든다

마주친 첫 눈길에서 쏟아진 빛 굴절로
속 마음 태워 지핀 불꽃

작은 빛으로 불붙기 시작한
꺼지지 않는 빛이 속에서 탄다

빛으로 불 밝히는
당신 향한 마음이다

짝사랑

꿈은 항상 짝사랑
허물로 쌓아
오를 수 없는 산이었습니다

높아서였을까
마음 약해 다가가지 못한 건 아닐까

포기와 양보와 배려의 합은 비겁함이라서
견뎌내기 힘들어 포기를 양보라는 말로 포장하였습
니다
참을 수는 있으나 연이 없다고 둘러대야 편할 것 같
아섭니다

당신에게는 괴롭힘
나에겐 괴로움
다른 길 걷자 다독거렸습니다

속 들키면 비웃을까
고개를 갸우뚱하면서도
신포도 변명*은 자존감이었습니다

시간이 두 손 내밀어 꼬인 고리를 풀면
다가와주실까

배꽃 핀 언덕
하얀 향기
봄볕 그림자 보조개 얼굴

사랑은
하나가 될 수 없도록 따로따로 묶어
두 갈래로 쪽져 있는 사람의 뒷모습이었습니다

*이솝의 여우와 신포도

충무로 세모서정

길 건너 신세계백화점이 바라보고
중앙우체국이 왼손으로 끼고 있는
충무로 입구에
보름달 호떡을 침묵으로 굽는 포장마차가 있다

주인 내외는 눈인사만 한다
빵 굽는 일로 바빠서가 아니다
손님도 손가락으로 표시하면 된다
내외는 귀머거리에 벙어리다

세모를 이고 달리는 자동차 불빛이 질주하는 백화점
벽에서
　몸 비트는 전광판처럼
　주인 내외도 빵틀 뒤집고 담아주느라 눈 마주칠
겨를이 없다

　손과 손을 잡은 사람들이

줄을 서서 기다리는 머리 위에서
내려다보고 있는 가로등 불빛이 유난히 밝다

반백 머리 외톨이
한 입을 무니
바삭 깨지는 호떡이 달콤하고 따스하다

길거리 캐럴도
침묵한 지 오래인데
사랑이라고 무슨 말이 필요할까

밤하늘 올려다보면 들리는 소리가 있어
세모에는 귀 막고 입 닫아도
눈빛은 별빛으로 빛난다

커피 맛

한 번도 마시지 않았다는 커피가
무슨 맛이냐 물었지만

색깔이나 영양 성분으로 설명하면
알기나 하실까

맛은 느낌이라서
그냥 마셔보면 됩니다

내가 침묵하는
당신 향한 사랑

얼마나 쓰고 달콤한지
아시기를 기다리는 중입니다

하늘강

얼어붙은 구름은
별빛 암초에 걸려 움직이지 않는다

은하수 겨울강
유성도 얼어 멈추어 있다

서역으로 가던 나룻배 한 척
구름에 묶여 정박 중이다

외톨이 혼만
얼음장을 밟고 서둘러 간다

텃밭

손바닥 크기 땅
텃밭도 농사다

호미 괭이 있을 건
다 있어야 하고
물 주고 잡초 뽑고
할 건 다 해주어야 한다

먹고 살려고 하는 들일이나
재미로 한다는 텃밭 농사를
어찌 나눌 수 있으랴

사랑은 모두 농사다
텃밭 같은 사랑을 해본 적이 있는가

해와 달이 주는 빛으로 여물 때까지
말 못하여 숨겨둔 마음

이제야 심장 열어 보여주랴

쓰다듬듯 보듬듯 다독거리며
들킬까 허리 숙여 키운
속으로 맺은 열매 하나가 있다

파도가 깨우는 밤바다

바다만 몸부림치는 줄 알았는데
밀려오는 구름도 하늘 몸부림일 줄이야

한 줄 낮은 선으로 그린 악보처럼
바다와 하늘이 수평선에서 손잡으면

소리마저 숨죽여 낮아지는 것은
속말을 다 할 수 없어서다

마음속 흔들리는 바다에서
하늘 건너 당신 향한 몸부림으로

항구로 들어오는 길목의 등대는
잠들지 못하고 선 채로 밤을 새우고 있다

당신도 아셨는가
한밤을 뒤척이는 몸짓의 언어를

구름이 파도로 하늘을 쓸고 밀려와

우리의 바다를 깨워 새벽을 만든다

하늘집

하늘에는 집이 없다
구름으로 떠돌다가

잡히지 않는 허공에 짓지 않고
낮고 탄탄한 땅에 짓는다

구름이 비로 내려와 내를 이루고
더 낮은 곳 강이 모인 바다

집터는 낮아야
넓고 크게 짓는다

높이를 자랑하는 짐승은 살 수 없고
키를 재지 않는 물고기를 품는다

누구나 지하수처럼 깊은 가슴에
그 집이 있다

한가위 보름달

곁에 오셔서 바라보시는

어머니 아버지 두 분 모습을

마음 창 활짝 열고 올려다보니

기다림은 그리움으로 자라

반가움 커서 둥글고 밝은데

벌써 가시려는가

구름이 서둘러 모시러 온다

화석이 되어

물 마른 바다 너머 등대 없는 곳
걸어서 가기엔 너무 먼 섬 하나
오라고 부르는 소리 없어
물결마저 굳어진 밀물 썰물

닻도 노도 없는 배에서
제자리에 묶여 있는 뱃사공 하나
밤하늘 고요에 눌려
숨 못 쉬는 퇴적층 화석이 된다

언젠가 그날이 오면
누군가 찾아와 물어보리라
어느 동물
무슨 시체인가를

그때는 말하리라
한 겹 한 겹 걷어내 보여주리라

불타는 속마음 꺼지지 않고
당신으로 숨 쉬고 있는 무늬인 것을

항심

어찌
잊으라 하시나요

잇고
있는
당신 향한 마음

가난해도
생각만으로
배부른 생명력

나를 붙들고 있는
강한 두 팔

*장자의 無恒産者 無恒心

남기고 싶은 말

시와함께(Along with Poetry) 시인선 038

정재영 시집

산의 뿌리에 사는 사람들

발　행　2025년 10월 1일

지은이　정재영

펴낸이　양소망

펴낸곳　도서출판 넓은마루

주　소　(03132) 서울특별시 종로구 삼일대로 30길21, 410호(낙원동, 종로오피스텔)

전　화　02-747-9897, 010-7513-8838

이메일　withpoem9@daum.net

출판등록　제2019호-000100호

인쇄 · 제본　(주)지엔피링크

저작권자 ⓒ 2025, 정재영

ISBN 979-11-90962-48-3(04810) 979-11-90962-04-9 (세트)

값 12,000원

이 책 내용의 전부 또는 일부를 재사용하려면 저작권자와 도서출판 넓은마루 양측과 협의하여야 합니다.
저자와의 협의에 의하여 인지를 생략합니다.
잘못된 책은 교환하여 드립니다.